먼 곳은 서운함이 없다

홍광표 시집

『먼 곳은 서운함이 없다』

序詩서시 9

1부 / 특별하게 평범한 봄

2부 / 너를 사랑하는 동안

3부 / 가장 낭만적인 생존법

序詩서시

난 방황한다
무한히 떨어져 있는 별을 보고
눈물방울 어른져 희미하게 보일 때까지
미련 없이 떨어지는 별을 보며
나도 그처럼 살아내기를

1부

특별하게 평범한 봄

반지

너와 헤어지고 반지를 묵주처럼 돌리는 버릇이 생겼다 운명의 원이라면 돌고 돌아 다시 원래대로 돌아오는 것은 아닐까? 그런 염원이었는지도 몰랐다 무심한 듯 아무런 찌그러짐도 없는 매끈한 원은 사방으로 흩어진 운명을 다시 모아주고 있었다 그래 잘 돌리다 보면 원하는 위치에서 운명이 다시 시작되겠지 불안을 맛본 마음은 쉼 없이 멈췄다 돌리기를 반복하게 했다 어디서부터 잘못된 걸까? 우리는 서로의 마음을 의심한 적이 없었는데 멍하니 바라본 창밖은 멈춰버린 마음과는 달리 평화롭게 일상을 흘려보내고 있었다 그렇게 사랑을 돌리다 반지는 떨어져 쨍그랑 맑은 소리를 내며 바닥에 몇 번 구르다 멈춰버렸다 그 소리가 생각보다 맑고 아름다웠다

미니멀리즘

한때,

추억이라 부르던

물건들을 버리자

너도

그만큼

사라졌다

초승달

나는 아직 당신을 사랑해요 굳이 당신은 나를 찾으려 하지 않겠지만요 바람에 흔들리는 건 나약한 존재만은 아니었어요 하늘도 흔들리더군요 오랜 세월이 지나 우리가 사랑했던 순간을 기억하는 사람이 하나만 남았을 때 연약한 달만이 하늘을 가르며 날고 있었어요 그 큰 밤하늘을 채우고 있는 눈썹 같은 달은 눈물로 여러 번 흔들리고 나서야 동그래졌어요 굳은 표정으로 사랑을 기억하려 하지 마세요 이제는 아니까요 굳이 애써 찾아야 할 사람이 아니라는 걸 차갑다고 하지 말아주세요 사랑에 대한 믿음 또한 의심하지 말아주세요 변하지 않았지만 변해 버린 건 사랑의 운명이니까요 애써 바라보지 않아도 늘 그곳에 깨어지고 차오르는 달이 남아있습니다 사랑의 운명은 변해도 사랑은 변하지 않는 것처럼 '굳이, 굳이, 굳이' 마음을 아프게 한 말이었어요 여전히 사랑하고 계시나요? 당신이 늘 어여쁜 사랑을 받길 바랍니다 내가 여전히 당신을 사랑하는 것처럼

3월

추워도 봄은 봄

서러워도 청춘은 청춘

봄에 기대다

봄눈이 왔다

따듯해야 하는데 아직 춥고
춥기 때문에 더 따뜻해지길 바라는 봄날

그냥 너 보고 싶단 말이야

햇살 좋은 날

지나치게 밝은 낮
부끄러운 낯으로
선명하게 드러나는
그늘을 꺼내
천천히 말려본다
아
등이 참
따뜻하다

젖은 마음도 말라간다

36.5도의 봄

비가 내리고
따뜻한 온기가
곁에
포근한 눈빛은
내 앞에

모든 것이
봄이었던
봄

아침, 꽃에게

난 다시 힘내고 있다

그러니 넌 계속

아름다워라

다시 오지 않을 순간을 위한 노래

밤에 벚꽃을 보러
달려가자던 너는
봄의 낭만을 알고 있다
지는 꽃을 슬퍼할 줄 아는 너는
시간의 나약함을 알고 있다
끊임없이 살아가고
잊어야 하고
기억을 만들어가는 우리는
봄의 끝자락에 서 있다

짧은 사랑도 충분하다는 듯
꽃은
미련 없이 떨어진다

별, 꽃, 바람 그리고 가는 봄

별이 떨어졌다
긴 궤적을 그리며
미련 없다는 듯

꽃이 떨어졌다
짧은 사랑의 시간도
충분하다는 듯

긴 바람이 불었다
오래 흔들려야
버릴 수 있다는 듯

상사화

아직 날씨가 춥더라도
꽃은 핀다

따로 피더라도
잊지는 말자

현실이 되는 꿈도 있으니까

“난 아직도 네 꿈을 꿔
네가 나를 생각하지 않는 시간에도
네가 나를 잊어버린 이 순간에도”

마음속에서
시들지 않는 꽃이여

봄의 거울

아름다운 봄의 한구석엔
슬픔이 자리 잡고 있다
봄은 직설적인 거울,
화려한 곳에서 초라함을 비춘다
지난봄이 참 눈부셨다 그런 봄을 추억하는 추운 봄

거울에 반사된 빛에 눈을 뜰 수 없듯
흩날리는 꽃잎에서 환영을 본다
부러움을 산다
덧없음을 센다
결국 잡을 수 없는 것들을 놓는다
봄바람에 휘몰아치는 낙화
이것저것 선택을 재다
어느 꽃잎인들 하나도 잡지 못한다

후회들은 비를 맞으며 분홍빛의 눈물을 만든다
어느새 투명해지며 줄어드는 봄빛이 되겠지

어느 곳에서나 닿았던 안부는 보이지 않는 절벽에
길을 잃었다

봄이 지나고 있다
거울엔 금이 가기 시작했다

봄날

꽃처럼
희망도 아름답게
피었다 지더라도,
지더라도 다시 핌을 믿고
떨어짐조차 아름답게

흩날리는 것들은 모두 희망이어라

낙화

떨어져도 미련 없어라

필 만큼 피었다 간다

비 오는 창가에서

비 따위가 내려
하루가 잠잠하다
침묵은 고여
아침을 적시고
나뭇가지엔 푸른
빗방울이 앉아 있다
물웅덩이에
빗방울 떨어지는 소리는
먼 파형을 만들어
멀리 있는 너의 목소리가
들리는 듯하다

특별하게
평범한 날이다

고백

눈을 뜨면 너를 생각하고
너에게 이야기하고
일상으로 들어가

내 일상은 이 짧은 순간보다 지루해

정오

하루는 짧지도 길지도 않다
너를 생각하기 적당한 시간이다

침식

알 수 없는 너는
앓을 수밖에 없는 나를
고요하게 옭아맨다
그것은 차라리 평화

사로잡힌 영혼은
갈 곳을 모른다

기다림

내 마음이 진실하다고 해서
당신의 선택을 강요할 수 없다는 걸,
그래서 당신의 몸짓 하나도
의미가 됐던
그 모든 순간

사랑

내가 궁금한

세상 속엔

'당신'도

포함되어 있어

아프면 아프다고 서러우면 서럽다고

방정맞게 걸레질하다
탁자에 손을 긁혔다
살짝 긁혔길래
칠칠하지 못함만 탓하고 말았는데
청소를 다 끝내고 보니
피가 고여있었다
별거 아니었는데
스칠 때마다 따갑다
딱지가 앉아서는 가려울 것이고
흉도 생기겠지,
오래오래 손에 남겠지

생각해보니
가슴 속에도 오래오래 남아 있는 것들이 있었다
별거 아니었는데
망각이 내려앉기까지
스칠 때마다 따갑고
가렵고 흉도 생길 자질구레한 일들
별거 아니라고
이 정도 일은 상처도 아니라고
아무렇지 않은 척 말하고

아무렇지 않다고 믿어왔는데
아니었나 보다
자꾸자꾸 떠오르는 걸 보니
자꾸 가슴이 답답한 걸 보니
자꾸 내 안으로 움츠러드는 걸 보니
가슴에 피로 고여 있었나 보다

상처 난 손가락에 약을 바르다
정작 약이 필요한 곳은
마음이란 걸 깨달았다

‘너’를 공부하는 시간

서로의 하루가 궁금해서
질문하기 바쁜 사람들

눈빛이 빛난다

사랑은 사랑을 더한다

달리기가 좋아졌다
영화를 자주 보게 됐다
보온병에 차를 담아
나눠 마시는 것을 즐기게 됐다

사소한 변화지만
사소한 것은 그 사람의 고집이다

그 고집이 바뀌었다는 것만큼
엄청난 일이 또 있을까

사랑은 그런 것이다

무릎

니가 내 생각해주는 것이 좋아

너는 소나기처럼

조금만 더 기다려볼걸
네가 지나가길 기다리지 못하고
흠뻑 젖어 버렸네

중력

질량이 있는 모든 물체는 서로를 끌어당긴다-뉴턴

질량 있는 수많은 물체 중에
너는 나를 어찌 알아보고
그 수많은 세월 동안 끌어당겨
나를 사랑했을까

어떤 거대한 중력이 끌었기에
지금 너는 곁에 없을까

사랑하고 사랑하고
이별하는 일이
단순히
물리법칙이라면
우린 끝을 알고
시작도 하지 않았을 텐데

이별

소란스런 곳에서
기막힌 적막이
나에게만
흐른다

그까짓 것

감기 '그까짓 것' 하지만
그까짓 것에 한 달을 앓았다
세상엔 그까짓 것 때문에
아픈 일들이 참 많다

너도 그까짓 사랑이었다

사랑은 아름다워

아름답기 위해
너를 사랑했다

간절하다는 말은
목숨조차 하찮아지는 일

거짓된 맹세도
진실처럼 고백했다

허무도 그저 일상인 사랑의 결말
너도 결국 지나가는 사람일 뿐이란 걸

그럼에도
간절함은 영원할 수 없다는 자책감

나는 아름다워지기 위해
너를 사랑했었다

꽃 진 자리

네가 떠난 자리에 생겼던 상처
어느새 아물었어

아문 상처는 아프지 않아
흉터만 남았을 뿐이지

이상하게
흉터가 생긴 날부터
흉터를 만지는 버릇이 생겼어

거리

내가 꿈꾸는 세상,
당신이 그리는 천국

결국 우린
처음부터 멀었다

소홀한 마음

삶의 영원한 순간순간에 너를 찾아 헤매었으나
너를 찾지는 않았다
네가 어디 있는 줄 알면서도 너를 찾아가지 않았다
네가 나를 찾지 않는 마음 때문이었다
사랑했던 오후의 따뜻함이
순간 돌풍을 동반한 소나기가 된 까닭이었다
우산 없이 맞이한 세찬 비를 맞으며
너의 지나간 사랑 속에서도
너를 사랑했다 너를 사랑했다
여전히 너를 사랑한다

너의 사랑이 끝났다고
진실한 마음까지 가벼이 여기지 말라

봄맞이

어린 시절 뒷동산엔
버들강아지가 많았다
언 계곡에 찾아온 봄은
나만 알고 있는 세상이었다

설렘 찾아 봄 맞으러 갔던 길
다 커버린 후 잊혀진 길

오랜만에 시골집에 내려와
이맘때쯤이라 여긴 버들강아지
저 언덕 넘으면 있을 텐데

내일이 바빠 봄맞이는 미루고
급히 차를 돌려 시골집을 나오다
녹아버린 논바닥에 차가 빠지고 말았다
쌍욕을 내뱉다 봄이 왔음을 느꼈다

봄에 빠진 차는 버들강아지만큼
우아하지 않았다

당신의 체온이 필요해요

밤은 사랑하기 좋은 환절기

콜록콜록

사랑이라는 증상이 보여요

2부

너를 사랑하는 동안

조우

궂은 세월 마다하지 않고 내린 비가
온 삶에 내려
눈물을 만들었다
흐를수록 메말라가는 심장은
미세한 빛에도 바들거렸다

꿈이 가난해지자
사랑을 팔았다

지불한 것들은
돌아오지 않았다

더 이상 잃을 것이 없을 때
온전한 나를 만났다

축제

함께 춤추자
너의 머릿속을 가득 채운 오물을 쏟아내고
누구도 추지 않았던 광분의 춤을 추자

두렴 없는 몸짓으로
옷 꺼풀을 벗어던지고
원초적인 선조가 되어 죄악의 제사를 지내자

나는 내가 아니었고 너는 네가 아니었다

나를 옭아매고 너를 조롱하던 거대한 구렁이들은
꿈틀대는 무대에서 밟아버리고
가면의 탈을 쓰고 살던
껍데기들은 타오르는 절망으로
태워 버리자

영원할 것 같던 평생을 죽이고
누구도 보지 못했던 태초의 얼굴로 춤을 추자

창조는 혼돈에 바투 붙어 있고
살고자 하는 삶은 곧 축제니
맘껏 축제의 춤을 추자

6월

사랑은 태양의 고도를 따라
점점 달아오르고 있다
대기도 덩달아 뜨거워질 준비를 한다
예열된 몸은 사랑하기 좋다
너를 위해 달려가기 딱 좋은 상태다
이 열기는 정점을 지나 하강하는 비행을 원하지 않는다
다만 도달하기 위하여
가진 걸 모두 너에게 보낼 뿐이다
사랑의 포화가 아니라 채워가는 과정을,
충분하지 않아 오히려 느껴지는 기쁨을 사랑한다
사랑의 불이란 그런 것이다
한 번에 타오르고 꺼지는 것이 아니라
오래오래 함께 체온을 느끼는 것
6월은 그런 달이다
절정을 향하지만 절정이 아니며
충만하지 않기에 오래 사랑할 수 있는 날

나는 너를 사랑한다

큰 우산을 준비해둘게

비가 오면
젖지 않게 어깨 감싸고
함께 걷자

말하지 않아도
많은 이야기 나눌 수 있는
거리의 빗속으로

차가운 공기
마주 보는 눈빛
상기된 젖은 볼
그 모든 것이
빗방울의 리듬에
오래오래 기억될 수채화가 된다

이 비가 다 그치기 전에
너와 나
손을 마주 잡자

비 오는 날 하릴없이

수 없이 내리는 너

너

너

너

너

너

너

너를

다시 마음속에

주워

담는다

너를 사랑하는 동안

햇살이 비추는 수영장 물속 바닥
반짝반짝 일렁이는 물결이 더 보고 싶어
더 깊게 깊게 잠수했어
살결을 스치고 지나가는 햇살은
너무너무 눈부셔
오래오래 햇살을, 물살을
만지고 싶었지만
더 이상 숨을 쉴 수가 없었어
마치 너를 사랑하는 동안 나처럼

아름다운 건
늘 숨이 막혀

소나기처럼

너는 소나기처럼 내려
평생을 적셨다

수영

어디까지 숨을 참고 갈 수 있을까? 벅찬 다이빙으로 바닥까지 내려가 아슬하게 몸을 꿀렁이며 나가다 보면 이내 몸은 바닥에 붙고 말아 욕심이 과했던 거지 적절한 높이라는 게 있는데 박자와 리듬이 수영에서 중요하다고 몇 번을 다짐해도 욕심은 과하게 반짝거려 햇살이 비치는 수영장은 너무 황홀한걸? 그 문양 사이로 내 그림자가 지나가면 운명의 연인을 만난 순간 마냥 눈여겨보게 돼 수영장 바닥에 내 그림자가 꿀렁이는 순간을 좋아해 숨은 짧아 수면 위로 고개를 들어야 하는 건 숙명 음파의 박자를 잊어버리면 물속에서 많이 웃는 바보가 돼 고래가 되었으면 그 물 다 마시며 오래오래 그림자를 볼 수 있었을까? 오늘은 그런 고래를 상상하며 하늘을 보기로 했어 먹먹한 세상이 웅얼대며 하늘의 구름이 비에 젖어 흘러가 수경 안은 닦아도 닦아도 물방울 세상이거든 나도 거기서 아른거리니 기뻐 구름만 따라가다 반환점 벽에 머리를 쿵 부딪히는 순간 나는 어쩔 수 없다는 듯, 햇살이 울렁이는 물속으로 다시 빨려 들어가

견딜 수 없는 걸 사랑이라 부르지 말라

사랑이라고
모든 이해를
포함하고 있지는 않다
사실,
내가 너를 사랑한다고 말했을 때
너의 모든 것을 사랑할 수 있다는 교만이
포함된 것은 아니었다
사랑의 이해가 한계를 넘어선 날
모든 경건하고 고귀한 사랑 앞에서
나는 고백할 수밖에 없었다
사랑은 자신의 일,
내가 견딜 수 있는 것만 사랑했다고

운명론자의 이별

모든 것은 혼돈이었다 지극히 편협한 사고를 가지고 있는 머리는 방금 곁에서 일어난 현상조차 판별하지 못했다 지저분한 과거가 하늘로 치솟고 감정의 하늘은 분노한 맹수처럼 울부짖었다 눈물과 분노가 회한의 후회가 되어 침묵의 세상을 만든다 그래 그런 거겠지 이미 알고 예상하고 있었지만 애써 외면하며 사랑의 힘을 믿고 싶었던 요행이 사랑의 끝을 만들었다는 걸 이제서야 깨닫는다 우리가 만든 세상은 결국 너와 나의 다른 온도의 충돌로 소용돌이치며 사라졌다 사랑할 때의 운명보다 이별을 받아들일 때 운명이 더 인생을 이해하는 데 적합하다 차가운 운명은 거짓말을 하지 않으니까 믿고 싶지 않은 자만 고통스런 삶을 선물 받는다 사랑이 그럴 리가 없는데 그런 운명론자를 너는 태풍의 눈처럼 고요하게 바라보고 있었다

장마

나는 슬피 울 수 있는데
네가 듣지 않음으로
애써 울지 않기로 했다

우리 슬픔의 농도는
같았고
같았었고
지금도 같을 테지만
알 수 없게 된 지금,
그저 내리는 비를
바라보기로 한다

올해 장마는 유독
간 듯 가지 않은 듯
오래오래 곁에 머물러 있었다

어떤 아침

아침이 외롭기 때문에
일찍 잠드는 거야
오래오래 깨지 않으려고
너라는 햇살을 맞이하기 싫어서

결국 인간은 자유로운 존재가 아니라는 걸
아침이 되면 깨닫게 돼
피한다고 피해질 수 없는 운명은 존재한다고
알면 됐다는 듯이 태양은 떠 버려

소망이 가득해지면 간절해지나 봐
오랜 기도였는데
아직 허공을 떠돌고 있을 몹쓸 운명에게
못 쓸 사랑의 구원을 간구하며
오늘도 하루가 아득해지나 봐

여행

떠나보니 알겠다
당신이 얼마나 멀리 있는지

수없이 썼던 편지를 파도에 실려 보낸다

먼 곳은 서운함이 없다
큰일이 아니다 이곳에선

낯선 곳에서 눈을 뜰 때
잊을 수 없는 너는 허상이 되고
사라지지 않던 상처는 잠시 잊혀진다
그냥 곁에 둔다
잠시 곁에 버려둔다

큰일이 아니다 이곳에선,
먼 곳에는 서러움이 없다

저녁노을

이별을 궁리하다 그만
울어버렸네

바람

바람 따라 흘러가는 건 지구야 지구가 돌기 때문에 바람이 존재하는 게 아니라 뭔 말도 안 되는 소리냐고 해도 소용없어 큰 것에 이끌리는 작은 것보다 작은 것으로부터 끌려가는 큰 개체가 더 운명론적으로 아름답거든 비과학적이라고 비난해도 소용없어 삶은 개인적이니까 너는 내 삶의 증거였거든 운명이 그랬어 내가 겪어본 삶의 매력은 노력에 의해 이룩하는 성공보다 작은 너에 이끌렸던 그 짧았던 순간이 더 행복했어 한순간 바람이 여름 한낮의 무더위를 보상해주듯 까무룩 잠든 내 삶이 너에 깃들었을 때 나는 가장 아름다웠어 그러니까 그렇게 지나간 바람 때문에 내 지구는 아직도 돌고 있는 거야 너에게 닿기 위해 점점 옅어지는 운명의 바람을 다시 일으키기 위해 돌고 돌아 너와 나의 운명을 공전해서라도

비는 기억을 가지고 내려온다

비가 오면
망각의 축복은 사라지고
숨겨놨던 추억들이 하나하나 떠오른다

온전한 망각은 없다

이젠 너에 대해서도
멀리 지나가는 싸이렌처럼
타인에 대한 형식적인 기도이길
너와 나는 이제서야 같은 마음이길

소나기

가끔,
잊어도 보고
잊기도 하고
사정없이 내리는 소나기에
흘려보내기도 하고
미친 사람처럼 웃으며
거리를 걸어본다
아직,
깊은 곳에서 잊지 못할
너이기에

계속된 방황에도 기억된다

밤하늘

사랑의 아픔이 별이 된다면
참 아름다운 밤하늘을 갖게 될지도 모르겠다

그렇더라도 빛나는 밤하늘이 아름답기를
그리고 평화롭기를

-안부를 전합니다

근래 평안하신지요

우중단상

‘아름답다’라고
생각했다

비가 내리고
너를 생각하는 일 따위가

꽃

당신과 멀어진 후
가장 가까웠을 때는 언제였을까?
아마도 그날이었을 거란 짐작을 해본다
햇살이 봄을 넘어 빨간 꽃을 더욱 반짝이게 하던
그 초여름
하늘은 파랗게 맑고 나는 간절함에 목이 말랐다
눈여겨본 골목을 돌아서면 당신이 있을 것 같은,
하지만 애써 찾지 않는 무심함은 아직 사랑의 크
기를 견디지 못하기 때문이라고
이제 더운 열기로 봄의 긴 옷은 축축해질 텐데
철을 모르는 마음은 여전히 슬픔의 강가에 있다
그랬지, 우리에게도 많은 꽃이 있었지 그런 꽃들
을 무수히 피워냈었지 봄이 지나도 꽃은 피고 무
더운 여름이 되어도 꽃은 피지만 이제 우리에겐
말라버린 꽃만 남았다
당신과 멀어진 후 당신과 가장 가까웠을 때는 언
제였을까?
아직 버리지 못한 마음이 꽃처럼 시들어 있는데

사랑의 순간

너를 생각한다
너를 아낀다
그걸 위해 할 수 있는 걸 한다

나는 나보다 더 빛났다

영원한 이별

너를 생각한다
너를 아낀다
그걸 위해 할 수 없는 걸 한다

네가 원하는 대로 너를
잊기로 한다

꺾인 사랑

넌 행복하다고 했어
한 묶음의 꽃을 안고
비에 젖어 차갑게 떨면서도
행복하다고 되뇌었어
살갗으로 전해오는 너의 떨림에
나도 행복하다고 대답할 수밖에 없었어
넌 불안하다고도 했어
행복은 짧기 때문에 지금 곁에 존재하는 거라고
그래서 불안하다고
지금 이렇게 행복해서
이 행복이 금방 끝날 것 같다고
짓눌려 꺾인 몇 송이 꽃을 바라보며
불안하게 말했어
이 비는 금방 그치고
우린 다시 이곳에서
즐겁게 춤을 출 수 있다고
우리가 꿈꾸는 모든 것은 현실이 될 거라고
위로하면서도
너의 불안을 가져올 수밖에 없었어

모든 행복의 끝에 불행이 있는 건 아니지만

우리 행복의 끝이 이별이라면 불행이겠지
왜 하필 그때가 떠올랐을까
비에 젖어 행복했던 그때
그때 너의 불안과 겹쳤던 꺾여진 꽃
네가 갖고 있던 수많은 꽃 중 그 꽃만 선명했어
우리의 끝을 설명할 수 있는 건 그것밖에 없었어
우리가 더 이상 춤출 수도, 꿈꿀 수도, 행복할 수도 없는 지금
너와 나의 모든 불행이 그 꽃에 있는 것처럼
하지만 너는 담담했어 그리고 너는 행복했다고 말했어
들썩이는 나를 다독이며
그 꽃은 잘못이 없다고
우리 불행의 기원은 우리였다고
우리가 서로 사랑하기엔 힘이 너무 부족했다고
불안의 꽃이 잘못이 아니라
그 운명을 이기지 못해
사랑을 가꾸지 못한 건 우리라고
서로 사랑하기엔 너무 벅찬 세상이었다고
너라도 행복하라고 그리고 또 행복하라고
그렇게 되뇌며
꽃도 피지 못할 어둠 속으로 넌 사라졌어

행복하라는 너의 말이 저주처럼 귓가를 맴돌아
모든 꽃이 너로 보이는 나는
그렇게 여생을 비틀거리며 걷고 있어
결국,
너의 바람은 이루어지지 않았어

밤길

터벅터벅
밤길 걷다 보니
문득 그대 목소리 듣고 싶었네

그저 그게 소원인 밤의 고요

웃자란 마음

비가 자주 내리다 보니
꽃은 태양이 보고 싶어
키만 크더라
단순한 그리움이 아니라
생존이 걸린 간절함이지
사랑도 마찬가지야
가질 수 없다면
마음만 웃자라 기대와 허무만 갖게 되지
예쁘게 꽃 피워야 하는데
웃자란 마음은 줄기만 길게 뻗게 해

사랑이 허무할 땐
거울을 들여다볼 필요가 있어

너는 운명을 거슬러 나에게 오라

물에 몸을 흠뻑 적시면
비 맞기는 두렵지 않아

겁쟁이 같은 삶에
당신이라는 계기가 필요한 이유야

그러니 너는,
운명을 거슬러 내게로 와줘

유실물

'내 소중한 것들이 담겨 있습니다
돌려주세요'

덩그러니 놓인 유실물엔
복귀를 바라는 간절한 마음이 적혀 있었다
이런 애틋함이 낯설지 않다
소중한 것을 잃고 기다리는 마음
이젠 기억마저, 감정 또한 희미해졌을 거라
믿고 싶었던 사람
바라보면 여전히 허전한 심장
나는,
나도 모르게 기다리고 있었나보다
유실된 나를 다시 찾아줄
너를

비는 감정을 증폭시킨다

비가 내린다
그리운 것들은 더 그립고
보고 싶은 것들은 더 보고 싶어진다

온전해지려면
걸어야 한다
그것들을 향해

술

그대 두 눈에 맺혔던 눈물을 이제 내가 마시네

다시, 원점

저녁이 오면 어디로 돌아갈지 몰라
뻥 뚫린 가슴을 본다
태양이 머무는 곳까지 떠나보면
낯선 곳에서도 사랑할 수 있을까?
벗어나므로 묶이는 감정은
한계의 인식에 지나지 않지만
오랜 걸음을 멈추지 말아야 한다는 걸
먼 곳에 도달해도 가야 할 곳은
저 멀리 있다는 걸 알게 된 것만으로도
잠깐 눈물을 삼킬 수 있지 않을까?
여행이 영원한 도피는 될 수 없기에
다시 돌아온 원점에서
오늘의 태양을, 태양이 지던 곳을,
내가 거기 있었음을 오래,
기억에 담아본다

야경1

해가 지고
지상에 불이 켜지면
세상은 잠시 잃은 큰 빛을
나누어 갖게 되지

야경2

인위적인 것도

저리 아름다운데

그것을 만든 우리는

더 아름다워져야 하지 않겠는가?

야경3
-함께

밤하늘의 별빛보다
도시의 불빛이 더 아름다운 건
옆에 있는 사람 때문이야

파도

누가 저리 가혹한 일을 시켰을까
닿음으로 닿지 못하고
닿아도 물러나야 하리라
평생보다 더 긴 형벌을
너는 어찌 견디는 것이냐

인생은 빛의 축제

반짝반짝
꺼졌다 켜졌다 점멸하는 우리 인생
꺼진 순간이 있어 더 황홀한 반짝임
인생은 지나치게 공평해서
우린 끊임없이 반짝여야 한다네

스마트 세상

하루종일
아무 말 하지 않아도,
혼자 있어도,
혼자인 것 같지 않다
문자로, 톡으로, sns로
쉼 없이 떠든다

외롭지 않더라도
혼자인 이율배반적 세상
기막힌 스마트 세계다

3부

가장 낭만적인 생존법

가장 낭만적인 생존법

너를 사랑한 것
그리고 숨 막히게 그리워하는 것
흔적 없는 세상에서
가장 잘한 일

welcome to autumn

사랑이 찾아오고
그리움이 깊어지고
외로움이 길어지던 어느 날,

머리 위로 낙엽이 떨어졌다

시인

시를 읽었다
아름다웠다
시를 썼다
시가 떫었다

아직,
삶이 익지 않았다

어느새 너의 계절 속

가을이 오나 보다
밤길이 쓸쓸한 걸 보니,
가을이 맞나보다
네가 오래도록 사라지지 않는 걸 보니

추석 달

저녁이 되면 산책을 해요
특히 노을이 아름다울 때
특별히 공기도 선선히 정다울 때
든든한 배를 두드리며
오래오래 떠 있을 것 같은 보름달을 보며
명절이라고 찾은 고향의 강길을 따라
사느라 여행이란 걸 알지도 못했던
아버지와 천천히 걸어요
여행이 뭐 별거냐 여유로우면 여행이지
말없이 달에 비친 아버지 표정이 말해요

가을밤

가을밤은 초승달이 어울려요 슬픔을 담은 두 잔
에 보름달은 어울리지 않아요 가득참은 풍요라
지요 슬픔은 결핍이니까요 처연함은 완전한 것
의 어그러짐으로 흘러내리는 눈물이어야 해요 슬
픔의 방울은 차갑게 지나가야 금방 잊혀진답니다
온전한 것은 그대와 나의 사랑, 흩어지는 것은 가
을 낙엽 같은 추억
뜨거워지길 바라시나요? 이미 지난 한때를 어찌
되돌릴 수 있을까요? 아니어요 틀렸습니다 운명
은 되돌아오는 것이지 되돌리는 것이 아니랍니다
이제 어쩔 수 없이 겨울을 맞이해야 해요 견디세
요 살아가세요 살아지겠지요 우리 운명은 북풍한
설 앞에 서 있는걸요 이미 각오하고 있답니다 그
대도 그만 받아들이세요
그러니 이별의 밤은 초승달이 어울려요 달이 다
시 차는 동안 운명이 춥더라도, 사랑이 식더라도
슬픔을 담은 두 잔에 당신이 어리지 않길 빕니다
이제 눈을 감으세요 초승달의 경로가 차갑게 볼
에 새겨질 수 있도록 이제 인사할 때예요 부디
안녕히

자각

깊은 밤,
빗방울 소리가 들리는 깊고 어두운 밤

모순투성이
한계에 머문
그 처량한
외로움

그래도
죽지는 않더라

딱 죽을 것 같게만 외롭더라

허기진 하루

시계만 바라보다

터덜터덜 돌아오는 길은

해 지는 소리와

멍든 하늘로 어지러웠다

전화기 속은 계속 통화 중이고

입속은 흰색 밥알만 가득하다

TV는 시끄럽고

음악은 지겹다

할 일 없이 천장 보고 누워

하릴없이 허기진 하루를 보낸다

무죄

수많은 젊음이
늙어간다
찬란했던 꿈들이
점점 빠져
주름이 됐다

반복되는 것은 환멸을 불러온다

반복은 환멸을 불러온다
겹치고 겹치는 일상의 버거움이
먼 곳의 바람을 꿈꾸게 한다
아! 고르지 못했던 삶의 평화여
초록의 그림이 하늘을 덮어라
조금만 더 조금만 쉬었다 가자
불멸의 수고로움이 다가온다
태양을 막기 위한 끊임없는 노력이
어둠을 잡지 못한다
아쉬워라 너란 존재여
사랑을 함께하지 못하는구나
각자의 발걸음이 무거워질 때 비로소
서로를 떠올리리라
산다는 건 때론 축복
때론 저주
때론 축제
벗어나고 싶어도 벗어날 수 없어
오늘도 달리고 울고 마시고 웃는다

스마트 시대의 대화법

우린 대화를 본다
마주하지 않아도
듣지 않아도
우린 이야기한다
침묵하는 상대와
눈이 아닌 창을 바라보는 우리는
잊혀지지 않는 대화를 하고 있다

무채색의 하늘

산다는 건 백지로 태어나
원하는 색을 묻히며 살아가는 일인데
남들 다 좋아하는 예쁜 색들만 욕심내다 보니
모든 것들이 뒤엉켜
내 하늘은 사라지고
무채색 하늘만 남았소

석양의 위로

석양이 진다
내 하루도 금빛으로 물들어
값어치 있어졌다

잘 살아냈다

심야

쉴 새 없이 흘러가는 밤
하릴없이 음악을 걸치고
지나간 사연들을 센다

잔상

너는 빛났다
여전히
강렬한 빛을 본 후
감은 눈의 잔상처럼
너는 계속 아른거려
오랜 밤이 지나는 동안
오랜 꿈이 지나는 동안
잠 못 드는 밤을 만들었다

쓸쓸한 눈빛,
감을 수 없는 눈 사이로
행복했던 순간을 상상해 보는 것만으로도
끔찍할 만큼 괴로운 사랑은
여전히 빛나고 있었다

차마
안녕이라는 말보다
더 아름다운 말을 찾지 못해
아무 말도 못 하는 동안
너는 점점 닿을 수 없는 빛이 되었다

여전히,

너는 빛났다

네가 빛나는 동안

너는 지지 않아

나는

아무것도 볼 수 없었다

화살

움츠리고 있었더니 사랑이 찔렀다
아프지 않았다

관통하고 사라질 때까지는

너는 아침부터 느닷없이 하루를 점령했다

아침에 일어나
물 마시듯
너를 꾸역꾸역
밀어 넣었지만
잘 넘어가지 않았다
목에 걸려 캑캑거리다
사방에 방울방울 흩어진 너를
쪼그리고 앉아
오래오래 닦아냈다

밥을 먹다가

밥을 먹다 나도 모르게
입술을 실룩거렸다
이건 나의 버릇이 아니었다
너의 버릇이었다
오래전 헤어진 너의 버릇이었다

멍하니 헛웃음 치다
천천히
밥을
꼭꼭 씹었다

체하면 안 되니까
다시 너에게 체할 수는 없으므로

너에게

내 하루는 잠들어있어
모든 실패가 낳은 침묵
침묵이 점령한 어둠
그 어떤 음악도
닿지 않는 심장

손끝 하나 의지가 없는 나락에서
구원을 기다려

틈을 비집어 기어코 들어오는 광명
근원이 되는 절대자
너라는 기쁜 소식

사랑을 말해줄래
그 어떤 이야기도
너의 목소리만큼 감동을 주지 못해

어서어서
너는 어서 나에게 도달해
나의 심장을 깨워줘

긴 산책

네가 무얼 하며 하룰 보내는지
모르는 날들이 많아졌다
어느새 내 일상도 무수히 쌓였지만
무엇을 했는지
기억나지 않는 날이 많았다

내 일상을 너에게 말할 필요가 없어져서인지도 몰랐다

긴 산책을 하며
어떤 이야기들은 멀리
떨어뜨리며 다녔다

문전석로반성사(門前石路半成沙)*

이 밤,
잠든 세상을 들으며 지난 사랑을 만져본다

침묵하는 이름과
쌓여가는 그리움 사이에서 잠 못 드는 밤

깊어지는 것은
밤,
사랑
그리고 허무일 것이다

*이옥봉의 시 「몽혼(夢魂)」의 마지막 구

지나친 오후

사랑했다
사랑했었다
이런 문장으로
너를 보낸다

사랑한다
이런 문장으로
너를 추억한다

아집

미련이 많은 나는
아직도 너의 꿈을 꾼다

젖었다 적셨다 이루지 못한 달콤함은
너무 떫었다

쓰디쓴 입맛을 다시며
허망한 마음을 달래려
퉤퉤 추억을 뱉을 때

'너는 행복하겠지' 같은
낯 뜨거운 기침으로 너를 토해낸다

환절기

너로 목마르던 내 하루도
잊혀진 기억처럼
흔적도 없고
참을 수 없던 그리움도
지나버린 풍경처럼
희미하다

사랑을 다른 이름으로 부르지 말라

행복한 것도 사랑이고
고통스러운 것도 사랑이다
이루어진 것도 사랑이고
이루어지지 않았다 해서
사랑이 아닌 것은 아니다

기억되는 모든 것은 사랑이다

별

밤에 사람들은
기억을 태워 별을 빛낸다고

차곡차곡
바라보기만 할 추억들이
밤하늘에 쌓인다

결국,
많이 헤어지면 외로워진다

대답

추억,
이라고 했다
눈 쌓인 길의
두 발자국도
빗방울 속의
우산 속도
힘겹게 같이 걷던
여행길도

타버린 사진처럼
얼굴 없는 추억이랬다

평행

지독한 사랑으로
사람은 평생을 산다
기억하고
기억해주고
서로 추억하며
남은 형량을 산다

아직 밤

나는 아직 너의 밤을 걷는다
달의 뒷면처럼 알 수 없는 미지의 세계
저만치 보이는 너의 낮보다
당장 걸어야 할 밤이 두렵다
언제일지 어디쯤인지 알 수 없어
사랑이 위대한 이유를
믿기로 한다
견디기 위해선 믿음을 가져야 한다
구원은 단순한 믿음에 있다

낙서

바람에 휩쓸려가는

작은 낙엽처럼

처참한 몸짓으로

너에 이끌리던

발걸음

마음

창밖의 하늘은 여전히 맑은데
바람은 다른 소리를 내고 있다

아직 어디로 갈지 정하지 못한 거니?

괜찮아,
하늘은 아직 넓단다

움직이는 구름을 보고
너의 마음을 알아챌게

집으로 돌아가야 할 때

침묵이 감싸고 있을 때
진리는 찾아온다
음악을 꺼라
너의 목소리를 듣고 싶다
거짓 없는 너의 입술,
촉촉하게 분절하는 너의 혀를 사랑한다
허공을 때리는 본능은 긴 공명을 만든다
소리쳐라 잠재되어 있던 너의 욕망을
발설된 쾌락이 평안을 안겨줄 것이다
저 멀리 골목에서 들려오는 아이의 목소리를 들어라
침묵에 싸이면
헉헉대는 숨소리 속에서도
진실을 들을 수 있다

인간은 죄를 지음으로 과거로 돌아갈 수 없다

낙엽

나는 이 계절에 남겠다

너는 흘러가라

겨울밤

겨울, 차가운 바람 소리 깊은 밤
너를 생각하지 않을 수 없다
그토록 간절한 그리움을
어찌 버릴 수 있을까

멀어진 그날,
너의 눈빛은 말했다
우리 서로 사랑하여
많이 외로웠노라고
주고받을 것이 없어
사랑을 주고받았노라고
마시면 마실수록 갈증 나는 것이
사랑이었더라고
칼날 같은 눈물로 우린 헤어졌다고

모든 후회와
모든 안타까움도
돌이킬 수 없는 시간 앞에선 허무하다고
갈라진 얼음처럼 위험한 것이
운명을 돌이킬 수 있다는 믿음이라고
차가운 겨울바람은
그렇게 생각을 베어냈다

겨울비

비 오는 날은 사랑하기 좋지
뜨거운 입술로 추위를 덮어주기 좋지
떨고 있는 너를 따뜻한 몸으로 포개주기 좋지

모든 한계는 진심의 경계
망설이던 선이 흔들릴 때
사랑은 아름다워지지

사랑하고 싶다 너를
비가 퍼붓고 있으니

감정은 온전한 멍에
체력을 길러 놓으렴
궂은날도 사랑하려면

삶

이룰 수 없어 아쉽고
가질 수 없어 슬프고
끊어진 운명에 절망한다

먼저 사랑하지 않으면
탈출구는 없다

당부

삶에 한파가 내린다
군상들은 서로의 체온으로 견뎌낸다
추위에 단단해질 새도 없이
살아내라고 더 추운 바람이 분다

고난은 고난의 일
우린 선택할 수 없고
견딤의 한계는 절정에 닿아있다
그렇게 모든 것이 얼어버리는 순간에도
우리는 잡고 있던 손을 더 꼭 붙잡으리
우리가 믿을 수 있는 유일한 진리
모든 것은 다 끝난다는 것

봄은 기어코 온다

먼 곳은 서운함이 없다

초판 1쇄 인쇄	2024년 1월 29일
초판 1쇄 발행	2024년 2월 16일
지은이	홍광표
펴낸이	이장우
책임편집	송세아
디자인	theambitious factory
편집 제작	안소라 김소은
관리	김한다 한주연
인쇄	금비PNP
펴낸곳	도서출판 꿈공장플러스
출판등록	제 406-2017-000160호
주소	서울시 성북구 보국문로 16가길 43-20 꿈공장 1층
이메일	ceo@dreambooks.kr
홈페이지	www.dreambooks.kr
인스타그램	@dreambooks.ceo
전화번호	02-6012-2734
팩스	031-624-4527

꿈공장플러스 출판사는 모든 작가님의 꿈을 응원합니다.

ISBN	979-11-92134-60-4
정가	13,000원